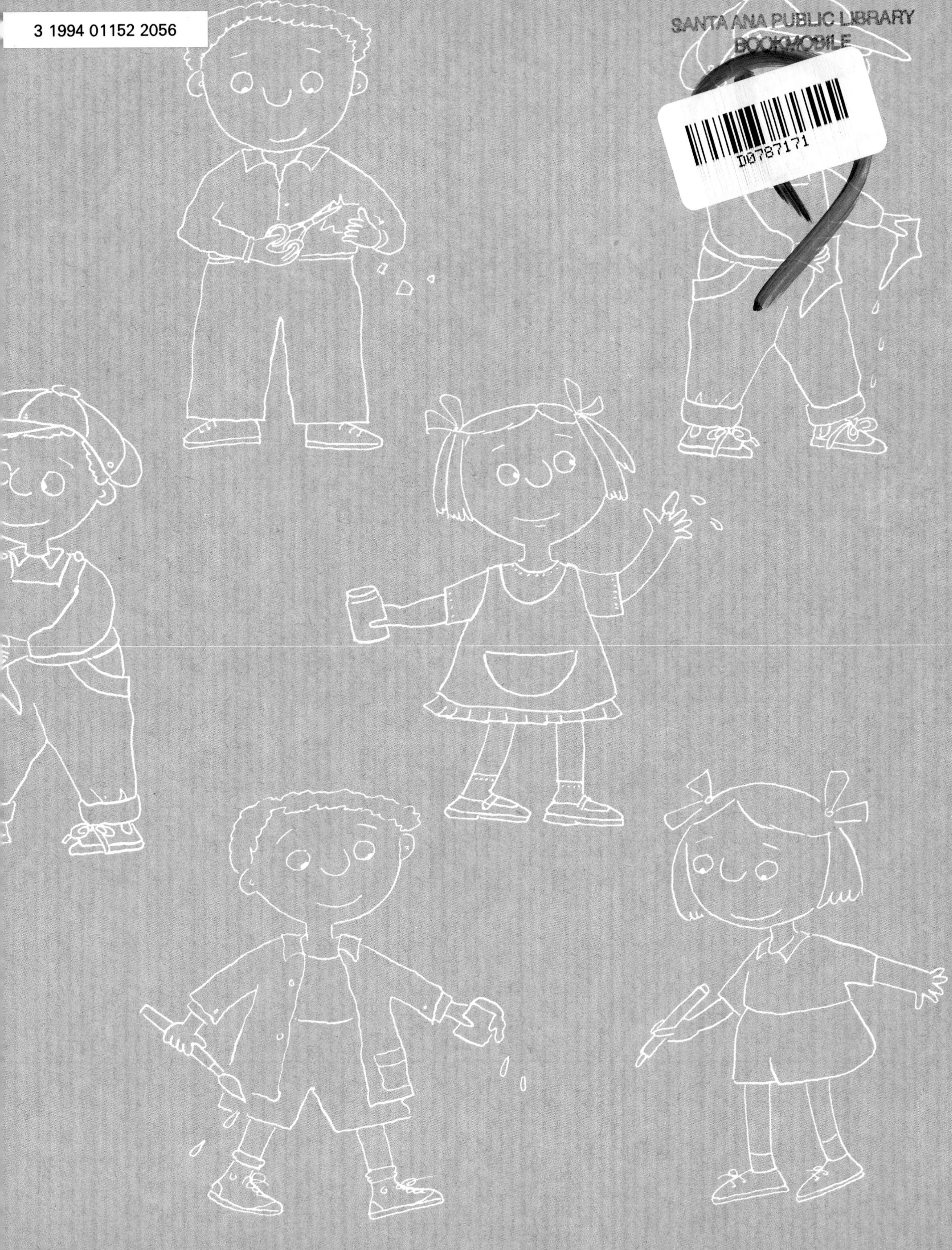

me gusta el MARRÓN

 Parramón

Me gusta el marrón

Autora: M. Àngels Comella
            Ilustradora y pedagoga

Dirección editorial: Mº. Fernanda Canal
Texto e ilustraciones: Àngels Comella
Diseño gráfico: Jordi Martínez
Fotografías: Estudio Nos & Soto
                AGE: niños de distintas razas pág. 21
                        niños que dibujan un mural pág. 31

Dirección de producción: Rafael Marfil

Segunda edición: marzo 2000
© Parramón Ediciones, S.A. - 1997

Editado y distribuido por Parramón Ediciones, S.A.
Gran Via de les Corts Catalanes, 322-324
08004 Barcelona

ISBN: 84-342-2069-5
Depósito legal: B-7.061-2000

Impreso en España

ÍNDICE

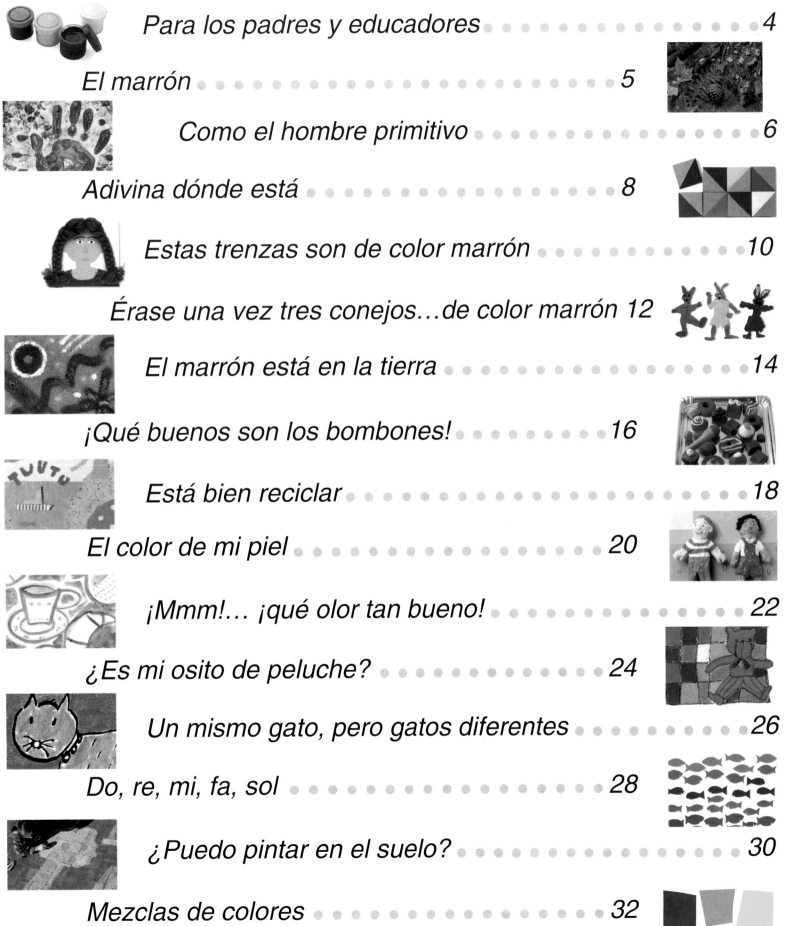

PARA LOS PADRES Y EDUCADORES

El color marrón se relaciona con todo el mundo que nos rodea. El marrón se encuentra en materias tan importantes como la tierra o el barro. El marrón no es un color puro; se consigue con la mezcla de otros colores. Por eso existen tantos marrones distintos.

Me gusta el marrón pretendemos que sea una herramienta que ayude al diálogo entre el niño y el adulto respecto a lo que vayamos viendo sobre este color. Proponemos que el niño empiece a trabajar y, mientras va avanzando, vaya descubriendo cosas nuevas. Siempre, claro, bajo la batuta de un adulto, que le proporcionará el material y le ayudará.

Hay temas que se pueden llevar a cabo tal cual se proponen aquí, pero la mayoría de cosas que aquí se presentan son sólo una guía para centrar cada aspecto. En cada caso, el resultado final será distinto, según sea el niño con quien trabajemos. Al fin y al cabo, lo que de verdad nos importa no es tanto el producto final en sí mismo sino constatar si el niño ha progresado o no en la comprensión del color marrón.

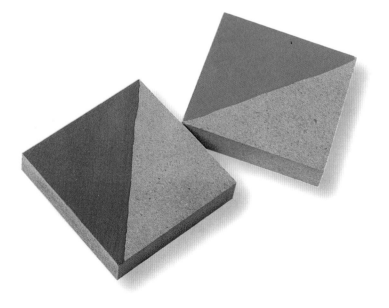

EL MARRÓN

¿Cuál crees que es el más marrón de toda esta página?

Yo creo que es la castaña o la tierra.

Pues yo creo que es el tronco, ¿o quizás alguna hoja?

Resulta muy difícil ponerse de acuerdo sobre cuál es el objeto más marrón. Todos pensamos en un color diferente.

5

IGUAL QUE EL HOMBRE PRIMITIVO

El hombre primitivo comenzó a pintar dejando sus huellas en las cuevas.

Aquí hemos hecho igual que el hombre primitivo y **hemos utilizado:**

▶ arcilla

▶ agua

▶ papel blanco

1 Hemos mezclado un poco de arcilla con un poco de agua.

2 Nos hemos empapado las manos y hemos dejado las huellas encima del papel.

3 También hemos manchado trapos y objetos que hemos encontrado, y nos han servido para dejar huellas.

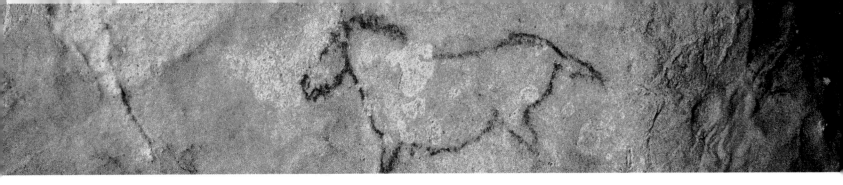

EL HOMBRE PRIMITIVO PARA PINTAR UTILIZABA TIERRAS Y ARCILLA DE DIFERENTES TONALIDADES DE MARRÓN.

A VECES SE MANCHABAN LAS MANOS Y DEJABAN SU HUELLA EN LA ROCA DE LAS CUEVAS.

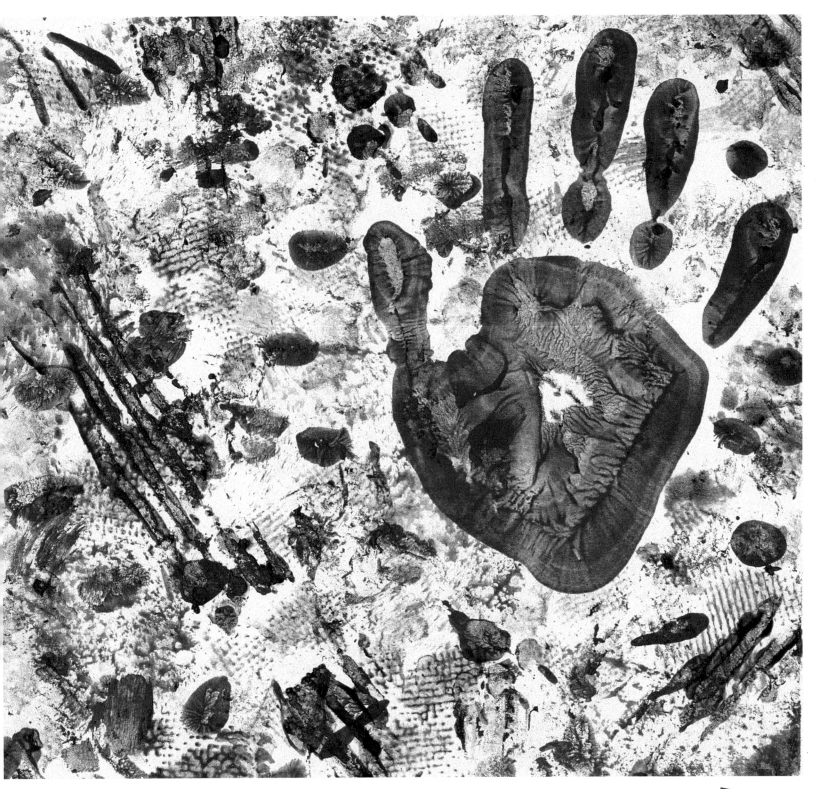

Hazlo igual que los hombres prehistóricos.

7

ADIVINA DÓNDE ESTÁ

Vamos a recordar los colores que hemos visto aunque no los tengamos ante nuestros ojos.

Para hacer nuestro juego mémori **hemos necesitado:**

cuadraditos de madera

 témperas

pincel

2 Pintamos dos piezas de azul, dos de amarillo, dos de magenta y dos de blanco.

1 Pintamos la mitad de la pieza de un color. De dos en dos.

3 Con mezclas hacemos piezas de colores: naranja, verde y violeta.

5 Cada vez descubrimos dos. Si son iguales, nos las quedamos. Si no, las colocamos de nuevo del revés. Ganará quien adivine más.

4 Cuando se hayan secado, las volvemos del revés y ya podemos jugar.

8

PODEMOS CONSTRUIR
UN MÉMORI SOBRE
UNA MADERA.
LA MADERA ES MARRÓN.

PARA CONSTRUIR UN
MÉMORI TENEMOS
QUE PINTAR
PIEZAS IGUALES
DE DOS EN DOS.

PONEMOS TODAS LAS
PIEZAS DEL REVÉS E
INTENTAMOS LEVANTAR
DOS IGUALES.

Ahora vuélvelas del revés. ¡Y ya puedes jugar!

9

ESTAS TRENZAS SON DE COLOR MARRÓN

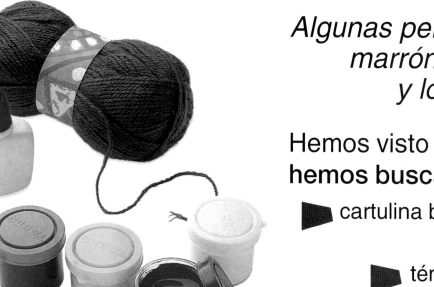

Algunas personas tienen el cabello marrón. Ana tiene los cabellos y los ojos de color marrón.

Hemos visto los cabellos de Ana y **hemos buscado este material:**

▶ cartulina blanca

▶ témperas para la cara

▶ pegamento

▶ lana marrón

1 Hemos aprendido a hacer trenzas con la lana. Nos ha ayudado un adulto.

2 Hemos pintado la cara.

3 Le hemos pegado la peluca.

4 Podemos hacer otros personajes que no es preciso que lleven trenzas.

 ALGUNOS ANIMALES TIENEN EL PELO MARRÓN.

LOS CABELLOS SON DE COLORES DISTINTOS. A VECES SON DE COLOR MARRÓN.

LAS PERSONAS TAMBIÉN TIENEN PELO; SON LOS CABELLOS. Y ALGUNOS HOMBRES, ADEMÁS, BARBA Y BIGOTE.

¿Por qué no haces un pirata con barba y bigote?

 11

ÉRASE UNA VEZ TRES CONEJOS ... DE COLOR MARRÓN

Si mezclamos estos tres colores magenta, cyan y amarillo, nos saldrá el color marrón.

Para hacer nuestros conejos **necesitamos:**

plastilina de estos cinco colores

1 Para hacer el primer conejo, mezclamos plastilina de los colores amarillo, azul y magenta, pero ponemos un poquito más de azul. También le hacemos un vestido azul.

2 Para hacer el segundo conejo, procedemos igual que para el primero, pero con un poco más de plastilina amarilla.

3 Para hacer el tercer conejo, hacemos lo mismo que para los dos anteriores, sólo que con un poco más de plastilina magenta.

SI MEZCLAMOS LOS TRES COLORES MÁS IMPORTANTES CON UN POCO MÁS DE AZUL, NOS SALDRÁ UN COLOR MARRÓN CASI GRIS.

SI MEZCLAMOS LOS TRES COLORES MÁS IMPORTANTES CON UN POCO MÁS DE AMARILLO QUE DE LOS OTROS, NOS SALDRÁ UN COLOR QUE LLAMAMOS OCRE.

SI MEZCLAMOS LOS TRES COLORES MÁS IMPORTANTES CON UN POCO MÁS DE MAGENTA QUE DE LOS OTROS, NOS SALDRÁ UN MARRÓN COMO ÉSTE.

El color de la piel de estos conejos es diferente.

13

EL MARRÓN ESTÁ EN LA TIERRA

Si nos encontramos en el campo y miramos donde pisamos, a menudo veremos el color de la tierra.

Para hacer nuestro dibujo **tenemos:**

▶ arena

▶ cola blanca

▶ cartón

▶ pincel

▶ témperas de colores

1 Hemos cogido el cartón y lo hemos untado con cola blanca.

2 Hemos espolvoreado arena por encima.

3 Cuando se ha secado, hemos dibujado encima con témperas.

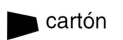

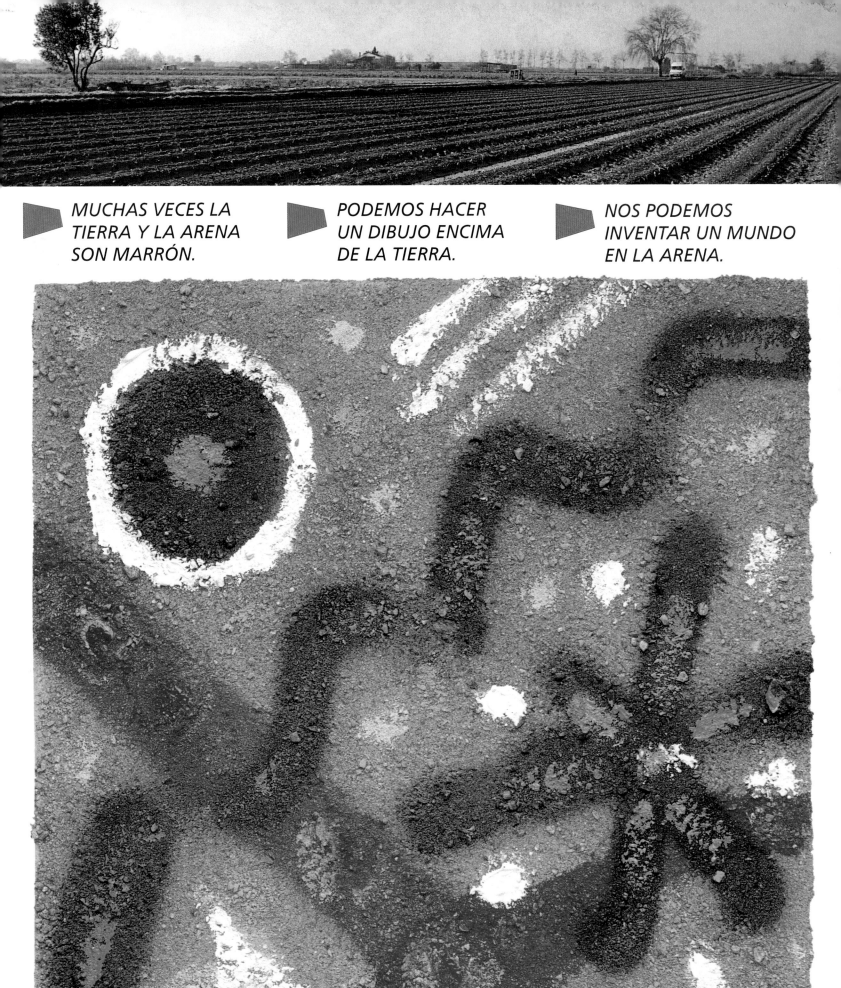

MUCHAS VECES LA TIERRA Y LA ARENA SON MARRÓN.

PODEMOS HACER UN DIBUJO ENCIMA DE LA TIERRA.

NOS PODEMOS INVENTAR UN MUNDO EN LA ARENA.

Es muy importante hacerlo pasándolo bien.

¡QUÉ BUENOS SON LOS BOMBONES!

Ayer nuestra tía nos regaló una caja de bombones… y ya no nos queda ninguno ¡Qué pena!¡Eran tan bonitos!

Para hacer los bombones **hemos utilizado:**

 plastilina

 bandeja de cartón

 papeles que guardamos de los bombones que comimos

1 Mezclamos un poco de plastilina amarilla, magenta y azul (muy poca cantidad).

2 Hacemos un bombón.

3 Según la cantidad que pongamos de cada color, nos saldrá un color u otro.

4 Si ponemos más amarillo, parecerá chocolate con leche. Si no, sin leche.

EL CHOCOLATE Y LOS BOMBONES SON DE COLOR MARRÓN.

PODEMOS IMITAR LOS BOMBONES CON PLASTILINA.

SEGÚN COMO MEZCLEMOS LA PLASTILINA, NOS SALDRÁN BOMBONES DE DISTINTO COLOR MARRÓN.

Hay algunos que son de verdad. ¿Sabes cuáles son?

ESTÁ BIEN RECICLAR

Papel reciclado quiere decir papel aprovechado, que ya no servía y que se vuelve a utilizar.

Hemos buscado papeles reciclados diferentes y **hemos encontrado:**

▶ cartones de embalaje

▶ papel de envolver

▶ papel reciclado para envolver

▶ papel de sobres de carta ...

▶ pegamento

▶ tijeras

1 Hemos cortado el papel con los dedos o con unas tijeras.

2 Lo hemos colocado sobre un papel más grande.

3 A medida que lo íbamos colocando, nos venía a la cabeza un dibujo.

4 Cuando lo que se ha formado nos ha gustado, hemos pegado todas las piezas con pegamento.

MUCHOS PAPELES, CAJAS Y CARTONES SON DE PAPEL RECICLADO.

EL PAPEL RECICLADO TIENE MEZCLAS DE COLORES Y CASI SIEMPRE ES MARRONOSO.

HAY PAPELES RECICLADOS DE MUCHOS COLORES DISTINTOS. CON ELLOS PODEMOS HACER DIBUJOS DE COLORES MUY BONITOS.

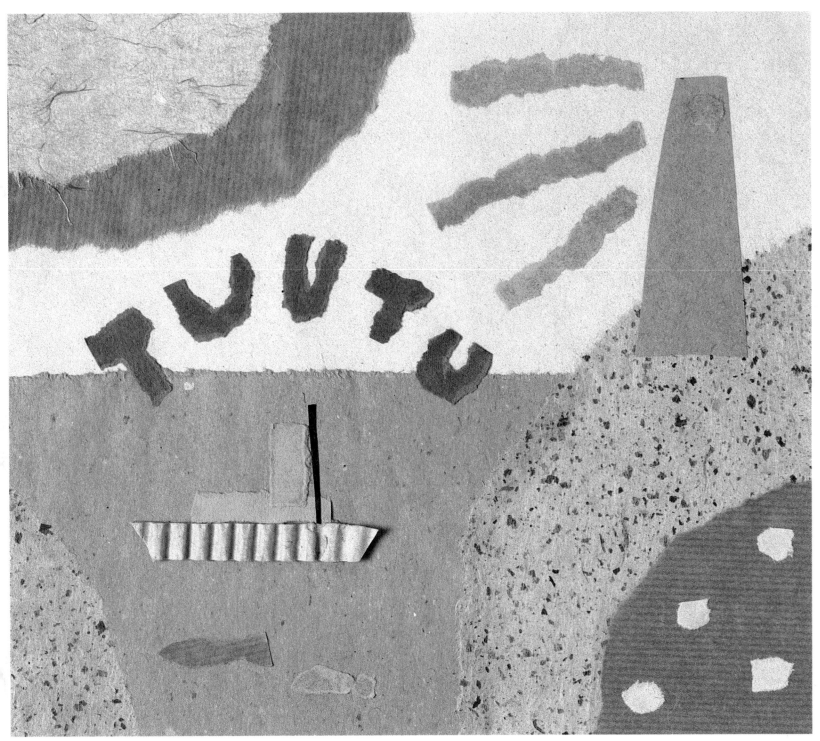

Si tú haces lo mismo, irá apareciendo otro dibujo.

19

EL COLOR DE MI PIEL

Todos tenemos la piel de un color diferente. Más clara o más oscura; más rosada, más amarilla, o más marrón.

Hemos hecho dos muñecos. Cada uno de ellos de un color diferente. **Necesitamos:**

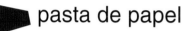 pasta de papel

▶ agua   ▶ pincel

▶ témperas de color azul, amarillo, magenta y blanco.

1 Hemos hecho dos muñecos con pasta de papel y agua.

2 Cuando ya estaban secos, los hemos pintado con el pincel.

3 La piel rosada la hemos hecho con blanco y magenta.

4 La piel marrón la hemos logrado con una mezcla de amarillo, magenta y un poco de azul.

▶ MUCHAS PERSONAS TIENEN LA PIEL DE COLOR MARRÓN.

▶ SI NOS TOCA EL SOL, LA PIEL SE NOS VUELVE UN POCO MÁS OSCURA.

▶ CADA PERSONA TIENE LA PIEL DE UN COLOR DIFERENTE.

Puedes hacer otros muñecos y con otro color de piel. ▶ **21**

¡MMM!... ¡QUÉ OLOR TAN BUENO!

Hemos desayunado con mamá. Con lo que había en la mesa vamos a hacer un dibujo.

Hemos entrado en la cocina **y hemos encontrado:**

 té

▸ chocolate en polvo

▸ chocolate en tableta

▸ café instantáneo

además hemos necesitado:

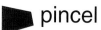 agua   ▸ pincel

▸ papel

1 Hemos mezclado agua con café.

2 Y también el chocolate y el té.

3 Con un pincel hemos hecho un dibujo de nuestro desayuno.

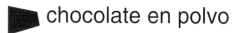

▶ PODEMOS HACER MANCHAS MARRONES CON COSAS QUE ENCONTRAMOS EN LA COCINA.

▶ MANCHAN DE MARRÓN: EL CAFÉ MOLIDO, EL CHOCOLATE EN POLVO, EL TÉ, EL CAFÉ INSTANTÁNEO, EL AZÚCAR MORENO…

¡Qué divertido! ¡Este dibujo huele a desayuno!

¿ES MI OSITO DE PELUCHE?

Los amigos han hecho un dibujo del mismo oso de peluche.

Nuestro osito **lo hemos hecho con:**

▶ cera negra

▶ pincel

▶ Témperas de color azul, blanco, magenta y amarillo.

1 Hemos hecho el dibujo con cera negra.

2 Hemos puesto los colores con las pinturas y un pincel.

3 El color marrón lo hemos hecho con una mezcla de los colores que teníamos.

4 Hemos pintado con ceras y témperas, pero también podríamos haberlo hecho con lápices de colores o rotuladores.

NO TODAS LAS PERSONAS ENTIENDEN LOS COLORES IGUAL.

SI PERSONAS DISTINTAS DIBUJAN UN MISMO TEMA, SALDRÁN COLORES Y FORMAS DIFERENTES.

¿CUÁL DE LOS TRES ESTÁ MEJOR? TODOS SON BONITOS, CADA CUAL A SU MANERA.

Tu osito será muy diferente del de los demás.

UN MISMO GATO, PERO GATOS DIFERENTES

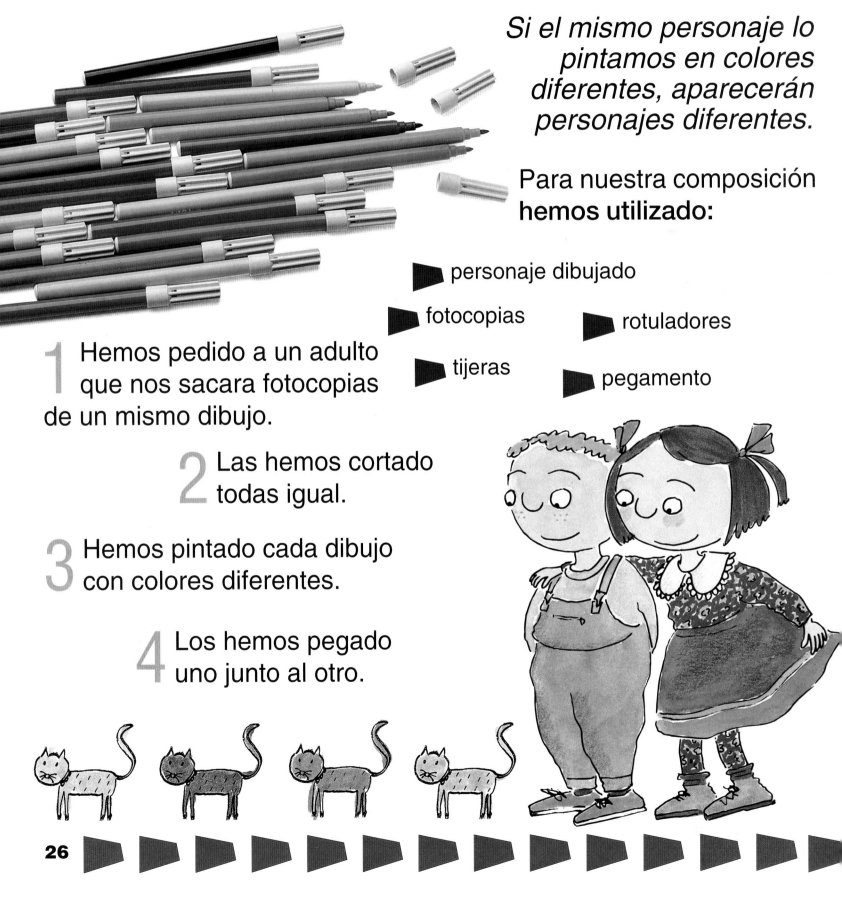

Si el mismo personaje lo pintamos en colores diferentes, aparecerán personajes diferentes.

Para nuestra composición **hemos utilizado:**

- personaje dibujado
- fotocopias
- tijeras
- rotuladores
- pegamento

1 Hemos pedido a un adulto que nos sacara fotocopias de un mismo dibujo.

2 Las hemos cortado todas igual.

3 Hemos pintado cada dibujo con colores diferentes.

4 Los hemos pegado uno junto al otro.

▷ *SI PINTAMOS UN MISMO PERSONAJE CON COLORES DIFERENTES, CADA UNO SERÁ DIFERENTE.*

▷ *PODEMOS REPETIR UN MISMO DIBUJO Y PONERLE COLORES DIFERENTES.*

▷ *PODEMOS HACER PRUEBAS CON LOS COLORES E IREMOS VIENDO COMO CAMBIA EL PERSONAJE.*

¿Qué gato te parece más simpático?

DO, RE, MI, FA, SOL

¿Se parecen los colores y las notas musicales? Pues sí que se parecen.

Para hacer nuestros peces ordenados **utilizamos**:

▶ papel charol de los colores amarillo, naranja, magenta, azul, violeta, verde, marrón y negro.

▶ tijeras

▶ pegamento

1 Hemos doblado dos o tres veces el papel y hemos recortado unos peces.

2 Así con todos los colores.

3 Los hemos pegado de la manera más ordenada que hemos podido.

4 Podemos ordenar los colores de manera diferente.

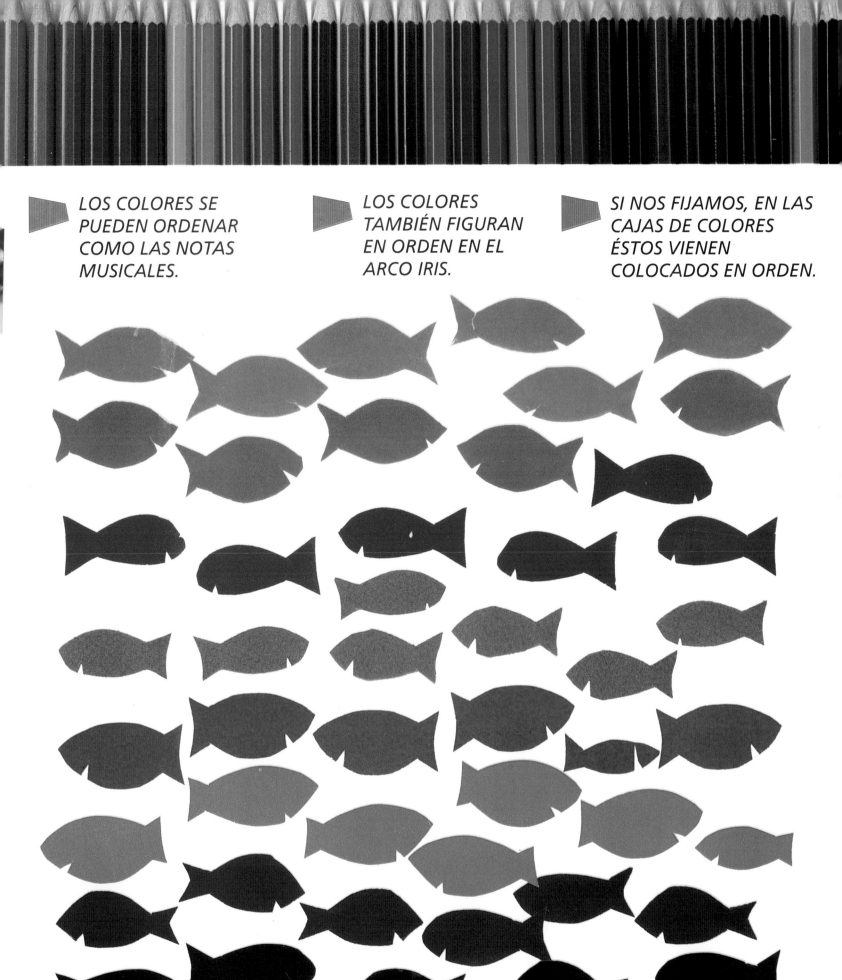

LOS COLORES SE PUEDEN ORDENAR COMO LAS NOTAS MUSICALES.

LOS COLORES TAMBIÉN FIGURAN EN ORDEN EN EL ARCO IRIS.

SI NOS FIJAMOS, EN LAS CAJAS DE COLORES ÉSTOS VIENEN COLOCADOS EN ORDEN.

Establece tu orden y explica cómo lo has hecho.

¿PUEDO PINTAR EN EL SUELO?

No siempre es posible pintar en determinados sitios. Hoy hemos pedido permiso para pintar la azotea con tizas de colores. ¡Qué suerte! Nos han dicho que sí.

Para pintar la azotea **hemos necesitado:**

► tizas de colores

1 Hemos imaginado un dibujo grande como una casa.

2 Lo hemos pintado con tizas de colores.

3 Para hacerlo, hemos tenido que ponernos encima, claro.

4 Tú también puedes hacerlo con tus amigos. Así es mucho más divertido.

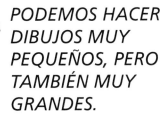 PODEMOS HACER DIBUJOS MUY PEQUEÑOS, PERO TAMBIÉN MUY GRANDES.

HAY PERSONAS QUE HAN HECHO DIBUJOS GRANDES COMO CASAS ENTERAS, O MÁS TODAVÍA.

PODEMOS PINTAR LAS BALDOSAS MARRONOSAS DE LA AZOTEA CON TIZAS DE COLORES.

Puedes elegir diferentes temas: una isla, un barco…

MEZCLAS DE COLORES

*Nuestros colores principales son tres:
el amarillo, el magenta y el azul.
Con estos tres colores se logran casi todos los demás.*

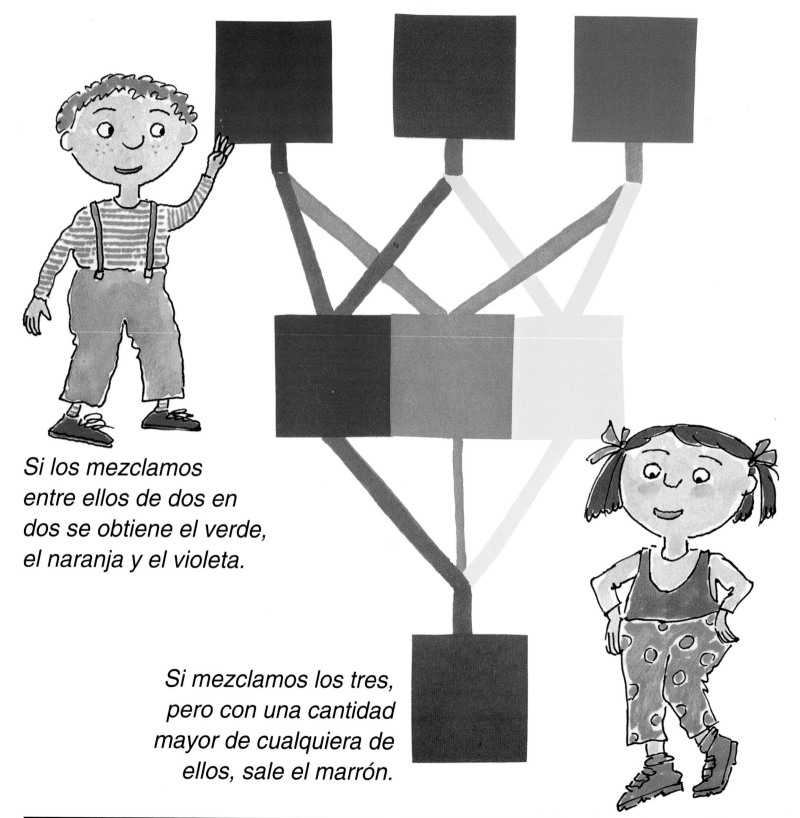

Si los mezclamos
entre ellos de dos en
dos se obtiene el verde,
el naranja y el violeta.

Si mezclamos los tres,
pero con una cantidad
mayor de cualquiera de
ellos, sale el marrón.

Si no hay luz, no puede haber ni marrón ni ningún otro color.